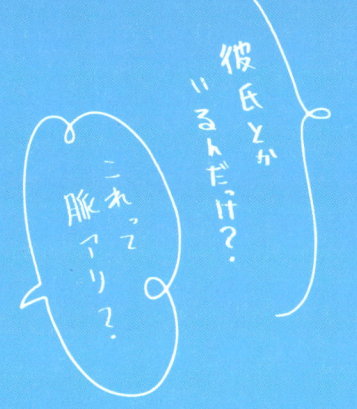
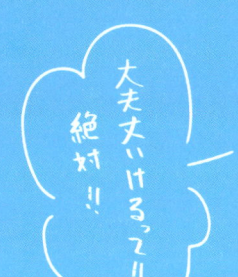
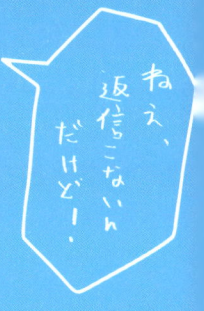

彼氏とかいるんだっけ？
これって脈ナシ？
大丈夫いけるって!! 絶対!!
ねえ、返信こないんだけど・・

～思わせぶりマジやめろ～

恋のありがち

青春 bot

やっべぇ、ガチ楽しいなよ！
そういう所、お前は好きだよ・
そういうつもりの恋愛ダッチ!?
キュン！
ーえっ!?ちょっ、待って!!

contents

好きじゃないよ。

顔には好きって書いてあるよ。

恋のありがち

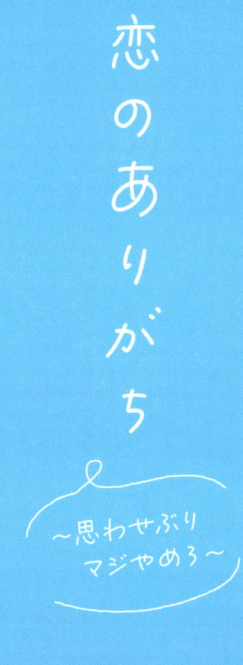

～思わせぶり
マジやめろ～

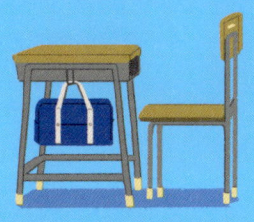

イラスト／ 青春bot

装　丁／ 前川絵莉子 (next door design)

片想いしてる時の
友達ありがち。

友達との会話で好きな人の話題が必ず出てきがち。

一番楽しい。

友達と一緒に好きな人の
いる場所に行くことが
多くなりがち。

一人じゃなくて二人がいい。

友達に好きな人の行動を分析してもらいがち。

駆け引き対策は友達とする。

それなっ。

その話を聞くとなんか脈アリな感じするんどね。

友達に好きな人の話を
聞いてもらいたくて
仕方ないがち。

聞いてくれるだけでいい。頼む。

言葉にするまでも無いしょうもない気持ちでも

誰かと分かち合えると嬉しいでしょ。

好きな人が別の
女子と話している
のを見た時の
ありがち。

急に視界に好きな人と
他の女子が入ってくると、
心臓が止まりがち。

たとえそれが友達であったとしても
穏やかではない。

何の話をしているのか、気になりがち。

絶対に聞くという強い意志がある。

仲良さそうな感じを見ると、ネガティブな想像が膨らんでしまいがち。

この時だけは想像力がものすごい豊かになる。

もうわかったから前向けって。

ほら、先生がすごい顔してる。

頼むって。

ガチでメンタル痛むんだけどー

あぁ〜〜〜

自分は好きな人にとって
どれだけの存在なのかを
考えてしまう。

しばらくの間、心からポジティブが消える。

好きな人に褒められた
髪型続けがち。

傷ついて、後悔して、泣いて、病むなんて、

恋、過酷すぎるだろ。

好きな人のSNSを
チェックする時の
ありがち。

好きな人写ってたら
スクショして保存しがち。

好きな人用のフォルダがある。

好きな人の投稿にいいね するの結構勇気いりがち。

ストーリーはすぐ見れない。
投稿から1分で足跡をつけてしまった時の
後悔。

早く押しなって。
大丈夫だから。
嫌われないし、死なないから。

いや、でも嫌われるかもっ、、
嫌われたら ムリ、死ぬ。

好きな人が何をしているのか、何を考えているのかを投稿から推測しがち。

他の女の子の存在を感じると病む。

これ絶対女の子とデートしてるやつ。

まだわかんないって。元気だせ。

過去投稿とか色んな SNS を掘って好きな人のことを調べまくりがち。

ふとした瞬間、自分に引く。

ちょっと調べすぎたかもしれない。

それをちょっととは呼ばねーんだわっ！

愛は見返りを求めないだと。

そんなことはない。

そんなことは今までなかった。

つまり嘘である！

失恋した時の
ありがち。

ふられた理由を見つけようとしがち。

何か悪いところはなかったかと
自分の行動を振り返りがち。

振った後に
「いいね」してくるの
ガチで意味不明。

相手の友達に色々聞いて
反省会しがち。

今の気分は、

焼きもちっていうより、

好き焼きって感じだ。

いつもより、ちょっと豪華。

好きな人と目が
合った時の
ありがち。

自分でも「なんでこんなに見つめてるんだろう?」と思うけど止まらない。

好きな人の表情が頭から離れない。

心の声でちゃってるから!
キュンキュン聞こえてるんだよ。

キュン?

キュン
キュン
キュン。

自分が何度も見るから
割と目が合う。

そして好きな人がまだこっちを見ているか
確認するためにまた見る。

鏡で前髪を直してまた見る。

ちゃんと前髪が決まっている時に
目が合いたい。

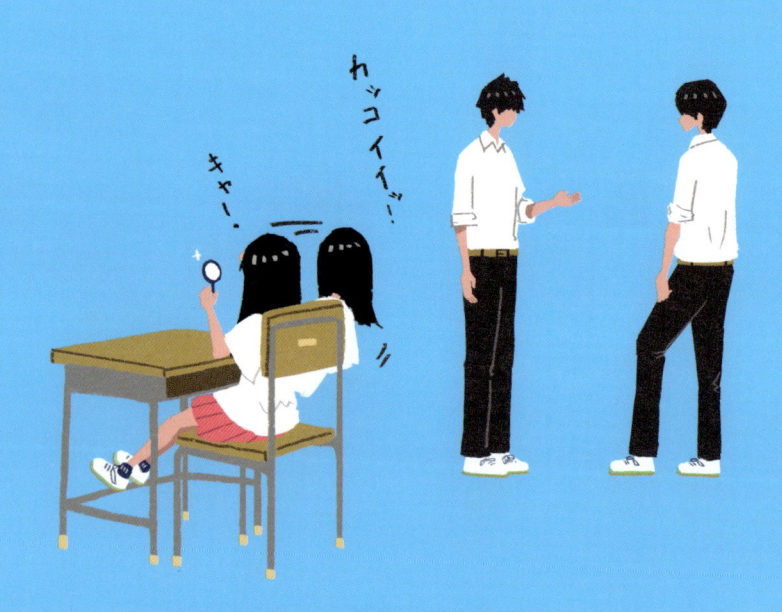

最終的に、
好きな人を見るために
学校に行くようになる。

好きな人を見に学校行って恋バナして、
気が向いたら勉強する。

忘れたけど
必要ないっ！

あんたカバンは？、

好きって急にどっか行くよね。

実らなかった努力はね、

次の恋に持っていけるんだよ。

好きな人に
彼女ができた時
のありがち。

友達の前では
テンション上げてるけど
家に帰ったら鬱になりがち。

別に好きじゃなかったって
思い込みたいがち。

学校に行く意味が
なくなった…。

好きな人のSNSにいつもとは違う匂わせ投稿がアップされて絶望しがち。

彼女であろう奴の後ろ姿の写真に
心臓をえぐられる。

彼女と自分を比べて勝てるか
どうか検討しがち。

全然受け入れられないし、
諦めもつかない。

あの彼女
あんまり
かわいくなくない？、

よそよそしくなって、ちょっと距離は置くがちゃんと目では追いがち。

もし自分が告白していたら
どうなっていたか想像する。

恋は大切だけど、

そいつじゃなくても大丈夫。

違うクラスの
カップルありがち。

授業中も
会えたらいいのにって
思いがち。

こっそり LINE したくなる。

授業が終わるたび
会いに行きがち。

ドアに近い席が最高。

LINE のやり取りだけで
だんだん疎遠になりがち。

なんか学校で話せなくなる。

別れてもクラス違うから
なんとかなる。

でも教室からは出られなくなる。

あいつ
いま廊下
いる？

いるし、
めっちゃこっち見てる。

もうなんとも思ってないし、

話しかけたりしないから、

すれ違う時のその顔やめてくれ。

片想いが長い人の
ありがち。

今の関係が本当に楽しくて、告白したら全部終わってしまう気がして何もできない。

何もできないくせに
好きな人が他の人と付き合ったら
死ぬほど後悔すると思う。

向こうは絶対に自分のことを
友達程度にしか思ってない。

時間だけがどんどん過ぎて、
卒業して今みたいには会えなくなる。

告白すればよかったと
後悔するのか、
告白しなければよかったと
後悔するのか。
どっちにしろ泣くだろう。

楽になりたいから嫌いになる時もあるよ。

男子の恋の
ありがち。

1

好きとかではない人には
ちゃんと脈ナシな感じを出す。

たまに脈なしでも思わせぶりができる
バグった奴もいる。

あー、今は彼女とか
いらないかな。

あっ、そっなんだ…。

相手がどんなに可愛くても もしかしたら自分のこと 好きかもと思い込める。

よくわからない自信がある。

好きな人には合わせすぎて
逆にモテなくなる。

好きな人となら何でも楽しめてしまう。

相手が自分のことを
好きなの分かると
急に冷める。

自分でもよくわからないが逃げたくなる。

勘違いが

何度も

何度も

濾過されて

彼らはそれを

青春と呼ぶ。

見た目は違うけど

中身は同じような人ばっかりで

いつも失敗する。

男子の恋の
ありがち。
2

ボディタッチされると気になり始めるし、自分のこと好きなのかなって思い始める。

でも嫌いな奴にやられると
嫌な気分になる。

特に意図はない↓

イェーイ、

どういうつもり⁉️のボディタッチ⁉️

嫉妬しないようにするけど無理。

ちょっとでも可能性ありそうな見た目のやつだとものすごい敵視する。

あいつだれだ！
馴れ馴れしく
すんじゃねぇ
ころピー

俺から見たら
お前も同じくらい
馴れ馴れしいんだよバカ。
おっつけ！

ただの友達だと思ってたけど
急に好きになることがある。

弱ってる時に肯定してくれると
すごい嬉しい。

えっ、、、

それって君の
いいところじゃん。

仲のいい友達と好きな人が被らないようにする。

仲良くないやつと好きな人が
被った時はちゃんと戦う。

モテてるのかもしれないし、

ただちょろいだけなのかもしれない。

不器用な
恋のありがち。

特に何もしないので
好きな人との距離が
縮まらない。

好きな気持ちだけが
ひたすら強くなっていく。

直接は話せないけど
体育祭で応援しに行きがち。

一人だと恥ずかしいから
友達と一緒に全力で応援する。

いつも誰かと一緒にいるから話しかけるタイミングがない。

好きな人の周りの女子が怖い。

本当は好きなのに
好きじゃないふりしがち。

大好きなのは、まだ自分だけの秘密。

いつまでたっても、君が私の青春です。

むかし私をフッた人。元気でいてほしい。

幸せかどうかは、知りたくない。

失恋した時の友達の対応ありがち。

振られた時は
みんなが優しくしてくれがち。

友達が自分の経験と立ち直った時のエピソードを話してくれがち。

みんなでとりあえず
海行きがち。

一人になると
また色々思い出して泣きたくなる。

片想いが楽しかったのは、

話を聞いてくれる友達がいたからなんだ。

いい感じな時の
恋のありがち。

付き合う前はお互いに
探り入れがち。

脈を探しあう。

友達に好きな人との LINE
見せがち。

見せたくないふりするけど
本当はしっかり見せたい。

時間割の、確認だな…。

見て。脈「アリ。

デートに着ていく服
無さすぎて友達に借りがち。

返すの忘れて怒られる。

廊下で目があって
ニコってされて1日最高。

廊下に出たらまず
好きな人がいないか探すよ。

なんか気持ちがポカポカしてくる

ハレの日みたいなカレが好き。

世界の中心は私で、

私の中心には君がいるの。

友達に
恋愛相談する時の
ありがち。

絶対に
誰にも言わないでねって
いいがち。

とにかく話を聞いてほしい。

友達の反応を見ながら、慎重に話を進めがち。

もしかしたらライバルかもしれないという
不安と戦う。

え、ちなみに今好きな人とかいる？
本当？、本当に？、本当…
いないから安心しろ。
本当。本当・本当だって。

好きな人に初めて
LINE 送るときは
友達に一緒にいてほしい。

1人だと初手で爆死する可能性がある。

友達に話を聞いてもらって ずっと溜め込んでいた 気持ちが落ち着きがち。

好きはたまに溢れる。

駆け引きなんてしない。

ただその人の為に出来ることを考えて、

ちょっとでも喜んでくれたらそれでいいっしょ。

好きな人と上手く話せない時のありがち。

好きな人には話しかけられないけど
その友達とはたくさん話せがち。

友達には話しかけるのに
自分には全然
話しかけてくれないがち。

みえない壁がある。

好きバレはしたくないけど
ちょっとは気づいて欲しいと思いがち。

何話していいかわからないし、いきなり話しかけたら嫌われそうだしとか色々考えちゃって、ずーっと他人のままになりがち。

お祭りとか一緒に行きたい。

だが、私はまだ友だちですらない。

楽しいと諦めが
半分ずつの毎日。

仲良くしたいのに

なぜか自分で壁作りがち。

片想いの
終わりありがち。

いい感じの時間が
ずっと続くと思ってたら
急に終わりがち。

明日一緒に
映画見に行こう？

まじか。

わりぃ、
明日カノジョと
予定入ってる。

すまん。

なんか理由を探して、
振られる前にあきらめて終わりがち。

なんか、すごいわかきまだし、
付き合い。たって
どうせ
長くつづけないと。だから
さっさとあきらめよう。

頑張って告白したけど
終わりがち。

片想いが終わるどころか
始まりもしない。

好きな人でき――ね。

もう嫌いだけど、

他の人を好きになるのはやめてほしい。

彼氏ができない時のありがち。

女子高だから
男子がいない。

推しは画面の向こう側。

男子のいない世界で
育ちすぎたやつの
お通りでーす。

おす
おす！
おす！

おはようっ。

彼氏できなすぎて
2年生くらいから
真剣に悩み出す。

なんか、だんだんむかついてくる。
やり場のない怒り。

なんであいつに彼氏いて私にはいないのよッ！、

そういうトコかな。

彼氏できなすぎて
探しはじめる。

見つけたところで何もできない私たち。

知ってるふりして
やり過ごすようになりがち。

・・

漫画で得た知識をもとに話す。

いつかまた、どこかで君に会った時
好きになってもらえるように
頑張ります。

恋も味噌汁も時間が経てば冷めるのだ。

つまり恋とは味噌汁である。

男子の恋の
ありがち。

3

好きな人には
ちょっかい出しがち。

やり方を間違うと色々失う。

いろんな女子に
DMしがちでバレがち。

恋愛したすぎて頑張り方を間違いがち。
噂は一瞬で広まる。

はじめは冷静だったのに、いつの間にか沼って、空回りして終わりがち。

いつも通りにしていれば問題ないのに沼ったとたん変な奴に成り下がってしまう不思議。

好きバレしてないと
思いがち。

男子はわかりやすい。

お前、好きなのバレバレだぞ。

バレ中のバレだよ。

バレ中のバレってなんだよ。

つかなんでお前いつも知ってんだよ。

失恋話は

恥ずかしすぎるから重加工。

男子の恋の
ありがち。

4

好きな人と廊下で
すれ違う時に小突いてくる
友達にキレがち。

本当にやめていただきたい。

自分の事好きって噂あった子
が別の男子といい感じだと
なんとも思っていなかったのに
急に焦り出す。

なんか可愛く見えはじめる。

あー、あん時
いっときゃよかったのに、
フツーにかわいいじゃん。

えっ。アレ…。

いざ好きな人と話せと
言われると
何も思い浮かばない。

好きな人と話すネタをストックしがち。

そんなん
自力で
考えろよ。
好きなんだろ。

次会ったとき
何話したら
いいかな？

新しい彼女できても昔の彼女のことは忘れてない。

今の彼女の前では忘れたふりをしているがどんな時もわりとすぐに思い出せる。

もうぜんぶ終わってもいいから、明日好きだと伝えに行きたい。

背中は押さないで。

落ちないように止めてほしい。

恋に。

しんどい片想い
ありがち。

みんなで話してる時に
好きな人からいい感じの人いるって
報告受けて落ち込みがち。

楽しいはずなのに、不意に好きな人との脈ナシエピソード思い出して病みがち。

相談してた友達が
好きな人と歩いてるのを見ると
なんか嫌になる。

99％諦めてても
1％だけ期待が残り続ける。

思わせぶりな質問やめて。
期待しちゃうから。

好きな人の連絡先って

宝物だったよな。

話した事ない人に片想いした時のありがち。

友達経由で
LINE 聞きがち。

教えていいよ、の連絡来るまで
生きた心地がしない。

翌日友達にどうだったか聞かれがち。

友達はなんか楽しそう。

LINE の内容がよくもなく、悪くもないので脈ありかどうかわからないがち。

質問も来るし、LINE も続いてるけど、本心はわからない。

悶々とした日々が続きがち。

脈ありかなしか分からなすぎて
自我が崩壊する。

上を向いたら空があるし、
下を向いたら花が咲いてるよ。
後ろには海があって、
隣には、
君がいたらよかったのに。

時間に癒されてる時間はない。

私の青春は短いんだ。

思わせぶりな男子の
ありがち。

ほかに席が空いてるのに
隣に座りがち。

そしていつも優しい。
つまり私のことが好きだと思う。

二人っきりで
遊びの誘いをしてきがち。

距離感がいつも絶妙で好き。

土曜日空いてる？

え!? デート!?

さりげなく可愛いって
言ってきがち。

いつもキュンキュンする事を
簡単に言いやがる。

そういう所、お前は好きだよ・

キュン！

結局、自分が好きだと相手の行動が全部思わせぶりに感じる。

私にだけ優しいのだと思いたい。

失恋したということは、

恋はあったということで。

何もないよりはよかったと

今では思う。

好きな人からLINEの返信が来ない時のありがち。

変な事を書いてしまったのではないかと過去のLINEを見返しがち。

深読みしすぎて勝手に嫌われたと勘違いしだす。

好きな人が何をしてるのか
考えてソワソワしがち。

**誰かとデートしてたらどうしよう。
とか考えちゃう。**

えっどうしよう。

嫌われたかな。
えっどうしよう。

えっどうしたらいい？

宿題終わった頃には　返信きてるよ。
大丈夫だから。
ふるえないで。

結局、不安に耐えられなく
なり返信来てないのに
「なんかごめんね」とか
LINE で送りがち。

焦りから思考力が低下して
謎に長文になりがち。

その長文追い LINE が
原因でひかれがち。

やばいと思ったら送信取り消し。

好きでもない人にLINEなんて
しないものだよ。
恋かどうかは、置いといて。

苦しくて苦しくてずっと倒れていたいけど、

体勢キツくて起き上がる。

私は悲劇のヒロインにもなれない。

付き合って2ヶ月くらいのカップルありがち。

なんで彼氏のことが好きなのか
わからなくなりがち。

好き？

……。

毎日連絡とってないと
不安になりがち。

返信遅いと
悲しくなるよ。

わがまま言いたいけど
嫌われそうで黙りがち。

なんか、思ってた感じのカップルになれずにいがち。

ムリになって
きた〜…

他の女の話はするな。

そう言いたかったけれど、口に出せなかった。

彼は無邪気にクラスメイトのことを話し続ける。

その子の話題が出るたびに、心の中で何度も繰り返した。

「他の女の話はするな」。

でも、嫌われたくなくて、

彼の話を聞きながら私はただ微笑むしかなかった。

最後に彼が楽しそうに笑うのを見て、

心の中で呟いた。

あいつ本当におもしろくってさ。

へえー！そうなんだ。

他の女の話はするな。

だまってろよ。
お前 はもうしゃべるな。

他 の 母 の 話なんて
おもしろいわけ
ねーだろが。

あ、あぶないよ。
何 ま こって…。

初デートしてから

前より冷たくなるのなんなん。

同じクラスの
彼氏と別れた後の
ありがち。

別れたことが
友達の間で広まって、
なんか視線を感じがち。

この時はまだつよメンタル。

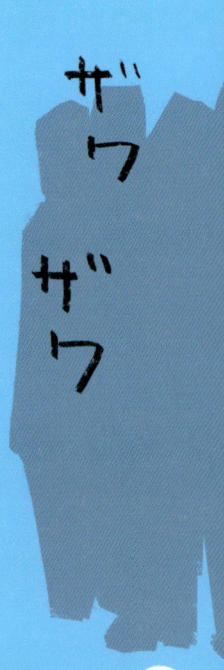

話広まるの早、ダルっ。

共通の友達多くて
日常生活に影響でがち。

話しかけづらい友達が増えだす。

元カレしか知らない話が
みんなに知られて
ネタにされがち。

自分だけ悪者にされて孤立する。

事実とは
違う話ばかりされて、
学校しんどくなりがち。

好きになる人マジで間違えたと思う。

味方の友だちは
みんな違うクラス。

思い出は私次第で綺麗にできる。

モテ期。

1回は高校生で使っておきたい。

恋のはじまり
ありがち。

好きな人の口調うつりがち。

....

なんか真似したくなる。

何で彼氏作らないのか
聞かれるけど作りたくない
わけではないがち。

本当はまだ終わってない恋がある。

友達と遊びに行くって報告の「友達」って誰なのか気になるけど聞けない。

彼女ではないので聞きにくいがとても知りたい。

友だちとは…

好きな人との LINE を
見返すのは楽しい。

今までの LINE 見返してる時に
返事きて秒で既読つけちゃう。

恋愛はいつか終わるけど、

片想いはいつまでも続けられる。

好きな人ができた時のありがち。

友達からの恋愛アドバイス「絶対いけるって」になりがちで、それ信じて痛い目にあいがち。

勢いそのままに LINE して撃沈。

好きな人にこれあげたら
喜ぶかな、とか
旅先で思いがち。

一緒にいけたら
めちゃ楽しいんだろうなって思う。

いらないと
思うよ。

センパイ
喜ぶかなっ。

ドラゴンのキーホルダー

好きな人に話しかけたくて読み始めた漫画に自分もハマりがち。

気がついたら自分の方がその漫画に詳しくなっている。

バレーボールおもろっ。

みんなで撮った写真、好きな人拡大してスクショしがち。

幸せな時間が増える。

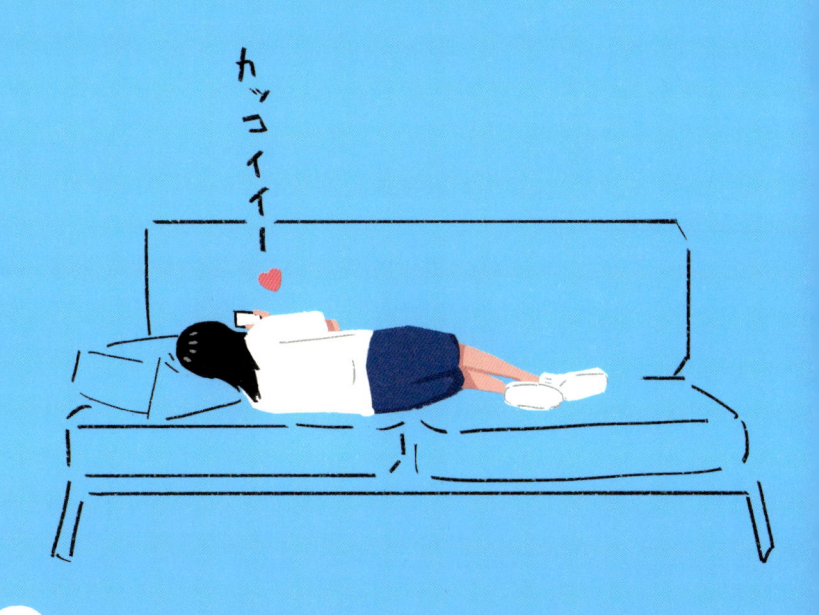

「す」って打ったら、

候補のところに

「好き」って出てくる。

ちゃんと気持ち伝えたくて、

君との帰り道。

めちゃくちゃ考えた告白の言葉は

全部すっ飛んで、

やっとの思いで、ひと言だけ。

返事はまだない。

恋のありがち。

恋はめんどくさい。

頑張ったり、落ち込んだり、諦めたり、脈がどうのこうの。大体いつもしんどいが勝つ。

どんな恋も
いつかは良い思い出になると
思うけど、

やっぱり最後は
両想いがいーーーーーーーー！

両想い！！

両想いがいーー！！

● 青春bot先生へのファンレターの宛先

〒104-0031　東京都中央区京橋1-3-1　八重洲口大栄ビル7F
スターツ出版（株）書籍編集部　気付
青春bot先生

恋のありがち

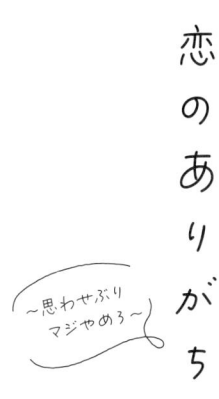

～思わせぶり
マジやめろ～

2024 年 12 月 28 日　初版第 1 刷発行
2025 年 5 月 16 日　　　第 3 刷発行

著　者 / 青春bot ©Seisyun bot 2024

発行人 / 菊地修一

発行所 / スターツ出版株式会社
〒104-0031 東京都中央区京橋1-3-1　八重洲口大栄ビル7F
TEL　03-6202-0386（出版マーケティンググループ）
TEL　050-5538-5679（書店様向けご注文専用ダイヤル）
URL　https://starts-pub.jp/

印刷所 / 中央精版印刷株式会社
Printed in Japan

DTP / 久保田祐子

編　集 / 齊藤　嵐

それもう10回聞いたで。

もう諦める。

恋のありがち

青春（せいしゅん）bot／著

全部、自分すぎて笑っちゃう。

1000万いいね突破！ Tiktokで話題沸騰！

イラスト×恋のあるあるに

3秒で共感！

\\ 共感の声、続々!! //

やば、めっちゃ青春…。自分に当てはまりすぎて泣ける！笑（ニコさん）

恋すると変になるのが私だけじゃないって思うとほっとした。（Fnekoさん）

どんな恋も振り返ると眩しくて、また恋をしたくなった！（あいすさん）

定価：1540円（本体1400円＋税10%） ISBN：978-4-8137-9268-0